AF295249

Ajatelmia 2

◆

mad freak

© 2016 mad freak
Kustantaja: BoD – Books on Demand, Helsinki, Suomi
Valmistaja: BoD – Books on Demand, Norderstedt, Saksa
ISBN: 978-952-339-357-8

{ 18 vuotta kateissa ollut löytyi
kaivosta Ruotsissa.

"Olikse elossa?", joku kysyi }

- ♦ -

{ Kaks'korvainen kuppi kaks'kätisille }

- ♦ -

{ Parhaat ideat tulee iltaisin tai aamuisin }

- ♦ -

{ Maailma on valmis }

- ♦ -

{ Kumpi tuli ensin, muna vai kana?
- Muna, se oli kolmen minuutin }

- ♦ -

{ Pieni hetki lempeyttä mieluummin kuin kauan
katkeraa puuroa }

- ◆ -

{ Napa näkyi naapuriin asti }

- ◆ -

{ Helppo toisista virheitä on löytää, mutta
yritäpä korjata ne }

- ◆ -

{ Hienoa pienoa }

- ◆ -

{ Raikkaan viileän vastakohta on kesäisen
lämpimäiset tuhnut }

- ◆ -

{ Kaikkihan rakastavat rakkautta? }

- ◆ -

{ Pakkopaidassa halaaminen ei ole hulluutta }

- ◆ -

{ Kaikki on mahdollista sille, joka
osaa kuvitella }

- Aulikki Oksanen

- ◆ -

{ Älä jaksa pilata iltaa jo heti aamusta }

- ◆ -

{ Kahta on vaikea käsittää, 60 cm hauista ja
naisen ajatusmaailmaa }

- ◆ -

{ Rakkaus kyllä kestää toisen yksityisyyden }

- ◆ -

{ Niille, joilla ei ole oikeutta, haluaisivat, ja
niille joilla on oikeus, eivät halua naimisiin }

- ◆ -

{ Linnunrata kiertää keskustansa ympäri
auringon kohdalla kerran noin
226 000 000 vuodessa - että näin }

- ◆ -

{ Kauan on pitkä aika }

- ◆ -

{ C:\> on pala historiaa }

- ◆ -

{ Ihminen voi rakastaa Jumalaa, mutta vihata
uskonnollisia opinkappaleita }

- Minna Canth

- ◆ -

{ Tosi paikan tullen miheltäkin irtoaa
vaikka runo }

- ◆ -

{ Ärrävika ei näy tekstiviesteissä }

- ◆ -

{ Ennemmin pissa housussa kuin päässä }

- ◆ -

{ Tässä evoluutio-tarinassa on pohjimmiltaan kyse
siitä, että meille kaupitellaan ajatusta
"ei ole Jumalaa" }

- ◆ -

{ Kysymys on ideologioiden taistelusta, ei
tieteestä }

- ◆ -

{ Elämä on fantastinen ilmiö }
- Eeva Kilpi

- ◆ -

{ Skepsismin puheenvuoro: Lukeminen ei kannata,
Donner puhuu vain omasta puolestaan, eikä hänellä
sitäpaitsi ole kokemusta lukemattomuudesta }

- ◆ -

{ Taide on ihmisen kuva }

- ◆ -

{ Kyllä mäki velkansa maksaa }

- C. A. Gottlund

- ◆ -

{ Älä paa herneitä nenääs.. }

- tuntematon

- ◆ -

{ Lukee kuin sika Raamattua }

- ◆ -

{ Nyt puhutaan ruutuajasta }

- ◆ -

{ .. äläkä ammu omaan nilkkaas }

- ◆ -

{ Vammaisuuden haitta-aste riippuu ympäröivän
maailman esteettömyydestä }

- Ilona Ihaksi

- ◆ -

{ Lyhyestä aforismi kaunis }

- ◆ -

{ Hauskaa oli, mutta terveys meni }

- ◆ -

{ Kaunista kuolemaa ei ole olemassakaan }

- ◆ -

{ Kuolema ei ole lavastusta }

\- ◆ -

{ Kuolema on kaikille sama, aika ja paikka
vaihtelevat }

\- ◆ -

{ Kun aikani on tullut, aikani on ohi }

\- ◆ -

{ Henkivakuutuksesta näemme, kuinka arvokkaana
kukin itseämme pidämme }

\- ◆ -

{ Minä en toivo väkivaltaista kuolemaa,
vaan sellaista aivan normaalia,
pää kaasu-uunissa }

- Leo Pavia

- ◆ -

{ Vanhuuden raihnaisuuteen paras lääke on hauta }

- ◆ -

{ Kuolleet ovat askeleen edellä meitä
jälkeenjääneitä - meidän on opittava
kärsimyksistämme vielä }

- ◆ -

{ Kuolema on kiireellisyyden, aherruksen ja
jatkuvan hengissäselviytymiskamppailun
täydellinen vastakohta }

- ◆ -

{ Hän lähti tästä maailmasta ilman avaruusrakettia,
ja ruumiinsakin jätti tänne }

- ◆ -

{ Lastenhuoneissa harjoitellaan suuria kuvioita }

- ◆ -

{ Parisataa vuotta vanhoja hautoja ei oikeastaan
ole, niin nopeasti ihminen unohdetaan }

- ◆ -

{ Ihminen on aidoimmillaan syntymän ja kuoleman
hetkillä }

- ◆ -

{ Lukeminen kannattaa tiettyyn pisteeseen asti }

- ◆ -

{ Älä aikaista toisen välähtämistä }

- ◆ -

{ Kuolema ei meitä liikuta - ne on nämä
galaksijärjestelmät }

- ◆ -

{ Pieru haisi kuolemalta. Väärin. Kuolema ei haise
pierulta }

- ◆ -

{ Kuolleet eivät voi kuolla, eli he ovat
kuolemattomia }

- ◆ -

{ Tukka ja kynnet kasvavat vielä kolme päivää
kuoleman jälkeen, mutta puhelinsoitot ehtyvät }

- Johnny Carson

- ◆ -

{ Kun käy oikein pohjalla, tietää mitä syvyys on }

- ◆ -

{ Loppu on hiljaisuutta }

- Hamlet

- ◆ -

{ Jotkut sanovat, että kuolema vain on hyväksyttävä
- vain kuolleen ruumiini yli! }

- ◆ -

{ Lapsi oli niin ruma, että hänen kaulaansa piti
ripustaa porsaankyljys, ennen kuin koira suostui
leikkimään hänen kanssaan }

- tuntematon

- ◆ -

{ Pyjama on köyhän ehkäisyväline }

- ◆ -

{ Jos isä juop hevosen, niin poeka juop rattaat }

- Iisalmi

- ◆ -

{ Miehet ovat ehkä hitaampia omaksumaan uusia
ajatuksia, kuin on tähän asti tajuttukaan }

- ◆ -

{ Nuorena vitsi väännettävä, vanhempana tajuttava }

- ◆ -

{ Läskit ja timantit ovat ikuisia }

- ◆ -

{ Jos et kerran pysty vaikuttamaan asiaan, on aivan
sama miten tämän maailman lopulta käy }

- ◆ -

{ Kun pojallesi alkaa kasvaa parta, huolehdi sinä
vain omasta parrastasi }

- Itämainen viisaus

- ◆ -

{ Ihme on, etteivät kalat kärsi talvisin
hypotermiasta }

- ◆ -

{ Kiisselin syömiseen ei tarvita hampaita, pelkkä
nielemisrefleksi riittää }

- ◆ -

{ Turha teeskennellä, etteikö seksiä olisi }

- ◆ -

{ Tähän lauseeseen ei tulekaan pistettä }

- ◆ -

{ Perinteistä pidetään lujasti kiinni, sikäli kuin
ne sopivat kulloinkin vallitsevaan tilanteeseen }

- ◆ -

{ Omenan kuoressa on reikä. Jos siihen painaa
korvansa kiinni ja kuuntelee tarkasti, voi veden
ja tuulen ääniltä erottaa astioiden helinää.
Toukka tiskaa }

- tuntematon

- ◆ -

{ Toiset toivottelee hyvää joulua, kun toiset
vaan haaveilee sellaisesta }

- ♦ -

{ Lyhempi päivänkakkaraa on päivänkakka }

- ♦ -

{ Nauttikaamme luottamusta }

- ♦ -

{ Jokainen ohi kiitävä vuosi varastaa
meiltä jotain }

- Horatius

- ♦ -

{ Jos elämästä selviäis hengissä, entä sitten? }

- ♦ -

{ Oli miten oli, mutta näin on }

- Hannu Karpo

- ♦ -

{ Simmottos ne rööri sit aukesiva }

- tuntematon

- ◆ -

{ Ihminen vain on sitä mitä hän on }

- ◆ -

{ Lämpimän kaakaon päälle pari vaahtokarkkia,
niin ei oo niin kova maailma }

- ◆ -

{ Silmätki seisoo ku kiisselin keittäjällä }

- suomalainen sananlasku

- ◆ -

{ Tahdikkuus on sitä, että tietää kuinka kauas voi
mennä menemättä liian pitkälle }

- ◆ -

23

{ Kirjailijan työ on 5 % luovuutta, ja
loput aherrusta ja turhautumista }

- ◆ -

{ Meillä astiat virutetaan ennen tiskikoneessa
pesua. Mitä koulukuntaa te edustatte? }

- ◆ -

{ Minä hengitän vielä. Siitä on iloa
vuosikymmeniksi }

- Arja Tiainen

- ◆ -

{ Pittää käydä koko ruumiin varaan }

- savolainen viisaus

- ◆ -

{ Jos mies on naisen pää, kenen
vartalo hänellä on? }

- ◆ -

{ Vanheneminen on tapa elää kauemmin - ellei
se tapa }

- ◆ -

{ Liian lihava saattaa kompastua omaan mahaansa,
maha jäädä oven väliin ja niin edelleen }

- ◆ -

{ Vuorenvarmojen väitteiden perään on tehtävä lisää
taustatutkimusta }

- ◆ -

{ Sielu on melkein kuin nielu. Nielurisa }

- ◆ -

{ Aurinkoisina päivinä unohtuu synkät ajat }

- ◆ -

{ Se tunne kun odotat, että lääkkeet alkaa
vaikuttamaan }

- ◆ -

{ Aina kun ihminen ei tiedä miksi tai mikä jokin
on, syyksi pannaan noituus tai avaruusoliot }

- tuntematon

- ◆ -

{ Ennen ihmiset olivat enemmän salassa tyhmempiä
kuin nykyään }

- ◆ -

{ Kuvottaa nähdä miten kaikenmaailman ihramahat
lyllertävät salkku kainalossa hoitelemaan tämän
maailman asioita }

- Sirkka Turkka

- ◆ -

{ Miksi vain ihmiset käyttävät vaatteita? }

- ◆ -

{ Mahtui pöydän alle paremmin seisomaan
kuin makaamaan }

- tuntematon

- ◆ -

{ Sukeltaessa ei helpolla aivasta }

- ◆ -

{ Hulluja on niin montaa eri sorttia }

- ♦ -

{ Parhaan myytin keksijä on se, jonka myyttiä ei
kyetä todistamaan oikeaksi tai vääräksi }

- ♦ -

{ Vastauksien sijasta pitäisi keskittyä
oikeanlaisiin kysymyksiin }

- ♦ -

{ Pers'reiän näkökulmasta vessapaperin kuvioinnilla
ei ole merkitystä }

- ♦ -

{ Kun totuus on hukassa, on vain tyydyttävä
huonoihin selityksiin }

- ◆ -

{ Onko ajatus kiinni aineessa vai ei? }

- ◆ -

{ Ihmisellä on keskimäärin 16 sormien ja
varpaiden väliä yhteensä }

- ◆ -

{ Pullamössösukupolven kriittisimpiä arvostelijoita
ovat yllättäen ne, jotka ovat sen kasvattaneet }

- ◆ -

{ Paskallakäyntikin on globaali ilmiö }

- ◆ -

{ Elämän kilpajuoksussa keskitytään juoksuun, ei
niinkään maaliin pääsemiseen }

- ◆ -

{ A on heti siinä ässän vieressä }

- ◆ -

{ Kaikki käyttää, hölmöt jää kiinni }

- ◆ -

{ Kivi on pieni kallio }

- ◆ -

{ Jos Jumala on Kaikkivaltias, pystyisikö hän
luomaan niin suuren kiven, ettei jaksaisi
itsekään nostaa sitä? }

- tuntematon ajattelija

- ◆ -

{ Jeesuksen sanotaan olleen suurin ihminen, joka on
koskaan elänyt, vaikkei ollutkaan mikään
jättiläinen }

- ◆ -

{ Jos Sana oli Jumala, kuka sanoi Sanan? }

- ◆ -

{ Idiootteja on monenlaisia. Niitä, jotka
kärventävät partansa kynttilässä, sekä niitä,
jotka viiltelevät kirjoja }

- ◆ -

{ Kun pito vähenee, ohjaus kevenee }

- ◆ -

{ Kuka on määrittänyt köyhyysrajan? }

- ◆ -

{ Lokit eivät huolehdi rahasta }

- ◆ -

{ Kukaan ei ole vapaa fysiikan laeista }

- ◆ -

{ Omaisuuden rakastamisessa parasta on se tunne }

- ◆ -

{ Raha saa aikaan tapahtumia }

- ◆ -

{ Jos koko maailma menee konkurssiin - niin
mitä sitten? }

- ◆ -

{ Ihminen syntyy puolueettomana }

- ◆ -

{ Nerous on hulluutta ja hikeä }

- ◆ -

{ Rahan antaminen [hyväntekeväisyyteen] ja muu
toiminta eivät sulje toisiaan pois, mutta kun
antaa rahaa, tuntuu helposti, että menee itse
miinukselle. Kun kohtaan jonkun, en ole koskaan
kokenut, että menetän jotain }

- Marjaana Toiviainen

- ◆ -

{ Miksi kutsutahan koiraa, joka juoksoo mettäs?
- Siksi, jotta se tulis kotia
- Aika erikoinen nimi }

- ◆ -

{ Pyhimykset ovat aina yksinäisiä }

- ◆ -

{ Risti ei pelasta, vaan *ristiinnaulittu* }

- ◆ -

{ Hiljaisuus on kuolleita varten, eläville
ryske ja rytinä }

- ◆ -

{ Elefantin pikkuaivoissa on 250 miljardia
neuronia, kun ihmisellä on vain noin 70. Mutta
ihmisen aivokuorella on 16 miljardia neuronia, kun
taas elefantilla vain noin 5,5 }

- ◆ -

{ Hyvä se on vankka mielipide, vaikka sattuis
oleen vääräki }

- ◆ -

{ Kuusinumeroisista alkuluvuista ei löydy
palindromeja }

- ◆ -

{ Ikkunasta ulosvilkaisu on tavanomaista, mutta
harva siihen jää }

- ◆ -

{ Heittäydy elämälle! Kyllä se kopin ottaa. Ehkä }

- ◆ -

{ Ei saunasta kuulu mediumina lähteä }

- ◆ -

{ Uskovat kiittävät Jumalaa, evoluutioon
uskovat toisiaan }

- ◆ -

{ Kun Jeesus istui Jumalan oikealle puolelle,
oliko siellä tuoli? }

- ◆ -

{ Jos Raamatulla täyttää aivot, ei paljon
muusta tiedäkään }

- ◆ -

{ Kaikki ratkee aikanaan, ja aika
ratkaisee kaiken }

- ◆ -

{ Kun ihastellaan kolibrin (80/sek) siiveniskuja,
ei oteta huomioon hyttystä (600/sek) ja sen
siiveniskuja }

- ◆ -

{ Elämän synnyn alkumeressä esti mm. vasen- ja
oikeakätisten aminohappojen tasapainotila }

- ◆ -

{ Skitsoidi on henkilö, jolle on tyypillistä
jatkuva sopeutumista vaikeuttava käyttäytyminen }

- ◆ -

{ Miksei ihminen voisi hernekeiton sijasta
syödä multaa? }

- ◆ -

{ Jotkut nauttivat pelkästä elämän tarkoituksen
pohtimisesta }

- ◆ -

{ Ensin menee kurkiaura, sitten lumiaura }

- ◆ -

{ Ja kenen olematon parta ei paukkuisi? }

- ◆ -

{ Lääkkeet eivät poista tilanteita, mutta
ne auttavat elämään niiden yli }

- ◆ -

{ Elämme sloganeiden suurkuluttajakautta }

- ◆ -

{ Jos tehokeinosta tulee suosittu, se häviää }

\- ◆ -

{ Hirttäytymälläkir. saa ryhdin suoraksi,
ja on niitä muitakin keinoja }

\- ◆ -

{ Ja hetken flow on kevyt.. }

\- ◆ -

{ Kun tuntuu, että pitäisi olla monessa paikassa
yhtäaikaa, helpottaa, kun tajuaa, ettei voi }

\- ◆ -

{ Filharmoninen tarkoittaa musiikkia rakastavaa }

\- ◆ -

{ Sukkapuikon ja tahtipuikon ero on, että
tahtipuikolla huidotaan ilmaan }

- ♦ -

{ Elämä on perspektiivi }

- ♦ -

{ Elämän merkityksellisyyteen voi vaikuttaa
yllättävän paljon se, pystytkö hengittämään
nenän kautta vai et }

- ♦ -

{ Koska elämä on kamppailulaji, karate on
kamppailulajin sisäinen kamppailulaji }

- ♦ -

{ Näytteleminen on teeskentelyä }

- ◆ -

{ Kiire nimistä illuusiota pidetään yllä
elämällä kalenterin talutusnuorassa }

- ◆ -

{ Syntyminen tällaiseen maailmaan on vain
arvotonta, huonoa tuuria }

- ◆ -

{ Nuorempana sitä olis nostanu vaikka koko
maailman, jos vaan kahva olis jostain
löytyny - vaan ei onneks löytyny }

- ◆ -

{ Vasta elämänsä puolivälissä sitä tajuaa olevansa
elämänsä puolivälissä }

- ◆ -

{ Jos kuitenkin päätät seurata sydäntäsi,
pidä järki kädessäsi }

- ◆ -

{ Joskus sielu pystyy tekemään sen, mihin järki
ei riitä }

- ◆ -

{ Kumartamalla jollekin, aina pyllistät jollekin }

- ◆ -

{ Isä, onko totta, että joissakin Afrikan maissa
mies tutustuu vaimoonsa vasta kun he ovat
menneet naimisiin?
- Niin käy ihan kaikissa maissa, poikaseni }

                                        - tuntematon

- ♦ -

{ Montako kiropraktikkoa tarvitaan
vaihtamaan lamppu?
- Yksi, mutta se vaatii kuusi käyntikertaa }

                                        - tuntematon

- ♦ -

{ Vuodet vierivät kuin varkain hukkaan }

- ◆ -

{ Ihminen, joka ei kadu mitään, ei ole
elänyt elämää }

- ◆ -

{ Kun kaikki pyrkii kohti epäjärjestystä, kuinka
asioilla voi olla taipumus järjestyä? }

- ◆ -

{ Jos elämässäni ehdin saavuttaa kaiken
mahdollisen, ja sitten kuolen, mitä
se minua hyödyttää? }

- ◆ -

{ Suurten kysymysten edessä on vähän niinkuin
kadulla makaavaa juoppoa ohittaessa }

- ◆ -

{ Huonoistakin vaihtoehdoista jokin on aina paras }

- Leena Huovinen

- ◆ -

{ Raha ei kuulemma ole avain onneen, mutta jos on
tarpeeksi rahaa, avaimen voi teettää }

- Joan Rivers

- ◆ -

{ Onni on mutkatonta kuin kupillinen kaakaota }

- ◆ -

{ Kaiken takana on kysymys: Mistä tässä kaikessa
oikeastaan on kysymys? }

- ◆ -

{ Parempi on, että muistat unohtaa, kuin
että unohdat muistaa }

- ♦ -

{ Muista miettiä syvällisiä vain
syvällisten parissa }

- ♦ -

{ Urheilin ennen kilpaa. Sitten tajusin, että
pokaaleita voi ostaa, ja nyt olen hyvä kaikessa }

- Demetri Martin

- ♦ -

{ Virhehän on kaunis ja sopii taiteeseen.
Useimmiten se vain korostaa teoksen erityisyyttä }

- Eero Aho

- ♦ -

{ Sydän erehtyy montakin kertaa }

- ♦ -

{ Nopeus ei sinällään tapa, eikä ajovirhekään,
vaan liike-energian jatkuminen äkisti
pysähtyneessä kappaleessa }

- ♦ -

{ Siinä vaiheessa kun on saavuttanut elämän
kyllästymispisteen, on tullut aika aloittaa
masennuslääkkeiden nauttiminen }

- ♦ -

{ Kunnon aterian jälkeen ei voi kuin todeta vatsan
olevan taas täynnä oksennusta }

- ♦ -

{ Vuodet tuovat tullessaan ja vievät mennessään
yhtä sun toista }

- ◆ -

{ Eläkäämme siten, että hautajaisissamme itkee
hautausurakoitsijakin }

- tuntematon

- ◆ -

{ Penkkipunnerrus on penkkiurheilua }

- ◆ -

{ Maa on niin kaunis - avaruudesta katsottuna }

- ◆ -

{ Mauton ruoka on paitsi syömäkelvotonta,
pahimmanlaatuista haaskausta, että myös
epäterveellistä }

- ◆ -

{ Mitä enemmän sallit, sitä löysemmäksi tulet }

- ♦ -

{ Vaikka sitä sanotaan, ettei itsensä uhraamisesta
saa yhtään kirkkaampaa kruunua kuoleman jälkeen,
mistä sitä koskaan voi tietää.. }

- ♦ -

{ Jos sitä mietit, osaammeko ratkaista hyvän ja
pahan, tulokset puhukoot puolestaan }

- ♦ -

{ Jos päässä ei liiku, ei liiku ihminenkään }

- ♦ -

{ Suurin osa riidoista johtuu siitä, että puhutaan
ja kuunnellaan yhtäaikaa }

- ◆ -

{ Jotkut rikastuvat sattumalta - eikä sitä
tiedä, koska sattuma kohtaa.. }

- ◆ -

{ Huumausaineita kasvaa luonnossa ihan ilmaiseksi }

- ◆ -

{ Nautitaan tästä nyt - huomenna voi asiat
olla toisin }

- ◆ -

{ Kumpi hallitsee enemmän, asiat vai ihmiset? }

- ◆ -

{ Älköön oikea kätesi tietäkö, mitä vasen
pohkeesi tekee }

- ◆ -

{ Koira me ostettiin käytettynä }

- ◆ -

{ Saunassa tuli joka kerta hyvä mieli, koska se
oli tehty niin hyvin }

- ◆ -

{ Uusi aamu tulee aina, vaikkei siihen
uskoisikaan }

- ◆ -

{ Googletin sanaa ”alkuluku”, se ehdottikin:
”alkulukuja paskova karhu” }

- ◆ -

{ Joskus tekisi mieli vain vaipua kokovartalo-
koomaan, toisinaan taas kahvi ja pulla
riittävät oikein hyvin }

- ◆ -

{ Sellainen O.M.G. -hetki }

- ◆ -

{ Jos puu kaatuu kuussa, kuuluuko siitä ääntä }

- ◆ -

{ Mihin ihminen menee kuoleman jälkeen?
- Kokeilemalla se selviää }

- ◆ -

{ Taide kohottaa meidät arkioloista korkeampaan
olevaisuuteen, joka on vapaa tosiolojen
raskaasta painosta }

- Kaarina Helakisa

- ♦ -

{ Tyhjiöstä on paha nyhjiöstä }

- ♦ -

{ Fotoni, eli minun valokuvani }

- ♦ -

{ Ei oo televisio-aktiivinen, ku on radio-
aktiivinen }

- ♦ -

{ Vuodet tuovat tullessaan murheet, joista ei
nuorena ollut tietoakaan }

- ♦ -

{ Elämä on silloin mennyt nappiin, kun viivan alle
on jäänyt nolla }

- ◆ -

{ Ei tämä lakritsi tautia paranna, mutta
hetkeksi edes parempi mieli }

- ◆ -

{ Ei löydy sellasta, mitä ei joku Kilpi olis
jo sanonu }

- ◆ -

{ Muut senkun kuolevat, ketä milloinkin haudataan,
pestään ja siunataan, ja äänettömin jalkaterin
vainajat osoittavat meille tähtien aikaa }

- Sirkka Turkka

- ◆ -

{ Vanhuus on sairaus, josta kuolema parantaa }

— ◆ —

{ Rivien välistä lukeminenhan on helppoa }

— ◆ —

{ Jos elämältä haluaa enemmän, ei tavallisen
kanssa kannata avioitua }

— ◆ —

{ Jing-jang, ding-dong ja kilin-kolin }

— ◆ —

{ Masennus kasvattaa herkät tuntosarvet }

— ◆ —

{ Ujous on vain muuri persoonallisuuden ympärillä }

- Armi Marjasto

\- ◆ -

{ Mikä siinä onkin, että kun kaikki on hyvin,
aletaan ongelmia oikein etsiä }

\- ◆ -

{ Sen vain heti tietää, tarkoittaako joku
rakkaudella vai ei }

\- ◆ -

{ Tavaraan sitoutuva vähentää
henkisiä voimavaroja }

\- ◆ -

{ Tarina ei kerro, oliko hedelmä jotenkin erityisen
hyvän makuinen vai ei }

- ◆ -

{ Sanoja tärkeämpää on, minkä tuoksuisena
rukouksesi nousee }

- ◆ -

{ Aivoni yllättivät minut nukkuessani }

- ◆ -

{ Kirjoitin liitutaululle kynsin ja hampain:
"rakastan oppimista" }

- ◆ -

{ Tyyni säilyttää arvokkuutensa loppuun asti }

- ◆ -

{ Kelpo ajatus ei voi olla täysin painokelvoton }

- ◆ -

{ Jos ei tykkää pihlajanmarjoista, pitääkö
niistä opetella tykkäämään? }

- ◆ -

{ Paikassa, jossa pudonneita leppäkerttujen
pisteitä.. }

- ◆ -

{ Rauhallisen vanhuksen rypyt eivät viesti
hyökkäysaikeista }

- ◆ -

{ Torjuu eläimen, torjuu vilpittömyyden }

- ◆ -

{ Aforismi voi syntyä tyhjästä }

- ◆ -

{ Kun surun siemenet puhkeaa kukkaan, hauta
peittyy kukkien mereen }

- ◆ -

{ Joen virtaava liike-energia on peräisin
auringosta, siihen ei vaikuta sähkökatkokset }

- ◆ -

{ Minulle kelpaa yksi pöytä ja yksi tuoli, metsään,
ajatusten alkulähteille, aitona itsenä, istun }

- ◆ -

{ Alkuluvut eivät muutu, ne kestävät ajan hampaan }

- ◆ -

{ Maata ei voi kaivaa kuin noin 80 kilometriä }

- ◆ -

{ Täyden mahan viereen on hyvä käydä nukkumaan }

- tuntematon

- ◆ -

{ Jos sokeri on säilöntäaine, miksei se toimi
hampaiden kohdalla? }

- ◆ -

{ Yksi terveys joutuu taistelemaan monta
sairautta vastaan }

- ◆ -

{ Ystävyys on herkkä - niin helposti se voi
itsekkyyden tai moottorisahapornon vuoksi
jäädä jalkoihin }

- ◆ -

{ Vetoketju on asia helposti auki ja asia
helposti kiinni }

- ◆ -

{ Maailma ei koskaan ole niin huono, etteikö sitä
voisi alkoholilla hiukan huonontaa }

- ◆ -

{ Koiria ei kiinnosta minkä värinen vyö sinulla
on karatessa }

- ◆ -

{ Maailma opettaa onnistumisen ja
epäonnistumisen kautta }

- ◆ -

{ Ihmiset eivät koe itseään arvoisiksi pitää
ykkösiä päällä vapaa-aikanaankin, muutenhan
ne pitäisivät }

- ◆ -

{ Luomisessa on oltava visio }

- ◆ -

{ Ylellinen ympäristö on tehokas suukapula }

- Arja Tiainen

- ◆ -

{ Mitä hyödyttää ylläpitää sidettä, joka aikoja
sitten on katkennut - varsinkin, kun kyseessä on
kuukautisside }

- ◆ -

{ Opittuasi oppi vaatii sinua sulkemaan mielesi }

- Markku Envall

- ◆ -

{ Myös oppi yhdistää ne, joilla ei muutoin olisi
mitään tekemistä keskenään }

- ◆ -

{ Ihmiset ahmivat tietoa ympäriltään, ehtien saada
vain pienen hiukkasen kokonaismäärästä }

- ◆ -

{ Pelko on rakkauden vastakohta }

- ◆ -

{ Tuuli puhaltaa, missä tahtoo, ja sinä kuulet sen
huminan, mutta et tiedä, mistä se tulee ja minne se
menee – jokainen hengestä syntynyt on tällainen }

– Jeesus Kristus

– ♦ –

{ Jokainen on saanut jonkilaisen sivuroolin
näytelmässä nimeltä elämä }

– ♦ –

{ Elävät tietävät kuolevansa, jota kuolleet
eivät enää tiedä }

– ♦ –

{ Jos elämä ei ole muuta kuin satunnaista
molekyylien törmäilyä, niin mitä sitten? }

– ♦ –

{ Elävässä kudoksessa on samat atomit ja elektronit
kuin kuolleessakin - mitä ihmettä tämä elämä
sitten oikein on? }

- ◆ -

{ Milloinkohan opitaan arvostamaan sairauksia? }

- ◆ -

{ Elämän tempo kiihtyy, silti aina sen on
lopulta pysähdyttävä }

- ◆ -

{ Apinat eivät ylistä }

- ◆ -

{ Aika tekee kärsimyksistä muistoja }

- ◆ -

{ Tuli se päivä, jolloin törmäsin misantropiaan }

- ◆ -

{ Tuli aika, jolloin kuuntelusta maksetaan }

- ◆ -

{ Kun Kiinan muuria rakennettiin, työ meni
elämän edelle }

- ◆ -

{ OCD tai OECD, ihan sama }

- ◆ -

{ Synti on synti, vaikka se tapahtuisi
kirsikkapuun alla }

- ◆ -

{ Unissaan ei aivasta }

- ◆ -

{ Sielu on Jumalan peili }

- ◆ -

{ Ihminen vaatii, Jumala sallii }

- ◆ -

{ Hän ei tehnyt muille mieliksi, vaan muiden
mielen mukavaksi }

- ◆ -

{ Hyvä on kärsiä ja hiljaa oppia - masokisteille se
on luontaisempaa }

- ◆ -

{ Hän luuli, että selviytyäkseen oli
ratkaistava ristikoita }

- ♦ -

{ Jos kaikki ihmiset kuolisivat, kirjastot menis
kiinni tai jäisivät auki }

- ♦ -

{ Kuinka tyhmää onkaan etsiskellä elämää muualta }

- ♦ -

{ Luonnossa ilmenevien rakenteiden mutkikkuus
vetää hiljaiseksi }

- ♦ -

{ Pelkkä usko johonkin ei ole edes
teorian arvoinen }

- ♦ -

{ Nykyiset tähtitieteen selitykset aurinkokuntamme
synnystä ovat naurettavia ja lapsellisia }

- ◆ -

{ Jokainen voi kokeilla, pystyykö lukemaan Raamatun
siteeraamatta sitä kertaakaan}

- ◆ -

{ Jotkut nauttii väkeviä juomia, jotkut
väkeviä lääkkeitä }

- ◆ -

{ Sana 'harjoitus' nostaa niskakarvat pystyyn }

- ◆ -

{ Ota leikki leikkinä ja marmoroitu liha
marmoroituna lihana }

- ◆ -

{ Hän lainaili kirjoja vain ollakseen
lukematta niitä }

- ◆ -

{ Kevät on kasvun paikka }

- ◆ -

{ Niin kauan kuin tekemättömistä asioista saatava
ilo ja ahdistus ovat tasapainossa, hyvä }

- ◆ -

{ Kolme kovaa: valta, asema, ummetus }

- ◆ -

{ Neron tehtävä on soutaa ja huovata ihmiskunnan
typeryyden meressä }

- ◆ -

{ Jeesus ei tullut juttelemaan atomeista ja
galaksijärjestelmistä }

- ◆ -

{ Ensimmäinen haarakiila valmistettiin jolloinkin
syntiinlankeamuksen jälkeen }

- ◆ -

{ Saatana puhui Eevan aivoihin käärmeen, korvien ja
ilman paineaaltojen värähtelyjen välityksellä }

- ◆ -

{ Ja hän nousi ylös haudasta, se on varmaa koska
se on mahdotonta }

- Markku Envall

- ◆ -

{ Mikä ei kuulu joukkoon: joulu, Jeesus vai sika? }

- ◆ -

{ Omena on epäjuusto }

- ◆ -

{ Ain pitää olla menossa, itsensä ja
turhuutensa unohtaen }

- ◆ -

{ Huonot aforismit ovat kuin fillarointia
jäisellä pellolla }

- ◆ -

{ Pesemättömät kädet levittävät tauteja myös
kirjoilla sivistävien keskuudessa }

- ◆ -

{ Aforismit ovat kielen assembleria }

- ◆ -

{ Tunne heikkoutesi - juuri se on vahvuutesi }

- ◆ -

{ Heroiini on eliitin uskonto }

- ◆ -

{ Parempi sormi suussa kuin perseessä }

- ◆ -

{ Jalan kestävyys piilee sen uusiutumisessa }

- ◆ -

{ Kun kuolemaa on paennut liian kauan, kuolee }

- ◆ -

{ Elämä on extreme-laji }

- ◆ -

{ Kun miettii asioita tarpeeksi pitkälle,
mitään ei kannata tehdä }

- ◆ -

{ Vaikeassa masennustilassa aivot muuttuvat
syöpäkasvaimeksi }

- ◆ -

{ On parempi ettet mieti, kuin että mietit ja
turhaudut }

- ◆ -

{ Minkä tahansa työntäminen peräaukkoon on
luonnonvastaista, koska se on tehty
yksisuuntaiseksi }

- ◆ -

{ Hän luki romaania kuin avointa kirjaa }

- ◆ -

{ Miltei virheetön teksti tähan saakka }

- ◆ -

{ Pään ei tarvi irrota kuin sekunniksi, niin
jo siitäkin kuolee }

- ◆ -

{ On paskahuussissa puolensakin: ei loisku, eikä
jää jarrujälkiä }

\- ◆ -

{ Kun tulee lapsi, on vaikea kuvitella minkälaista
olisi, jos häntä ei olisi }

\- ◆ -

{ Kun karkit on loppu, voi herkutella
läskivarastoilla }

\- ◆ -

{ Uni on aivojen siivousainetta }

\- ◆ -

{ Olen näytellyt jo yli 50 vuotta, ja aion
jatkaa edelleenkin }

\- ◆ -

{ Silmälasikäärmeen kaveri on kuulolaitekäärme }

- ◆ -

{ Turha ulkomaille on matkustaa: samanlaiset atomit
sielläkin vaan on. Ja ovat vielä niin pieniä ettei
niitä edes näe }

- ◆ -

{ Ihmisen kuolema on jälkeenjäävien ongelma }

- ◆ -

{ Ensivaikutelman voi tehdä vain kerran }

- ◆ -

{ Huolestuminen on mielikuvituksen väärinkäyttöä }

- ◆ -

{ Jokainen pääsee lehteen ainakin kahdesti }

\- ♦ -

{ Jos tietää toisen olevan väärässä, on
rakkaudellista kertoa se }

\- ♦ -

{ Jokainen on oman onnensa Seppo Taalasmaa }

\- ♦ -

{ Miksi juuri keskisormi? }

\- ♦ -

{ Jumala loi paratiisin ja parasiitin }

\- ♦ -

{ Jos ei ole oma itsensä, kuka sitten? }

- ◆ -

{ Mitä pidempi selitys, sitä vaikeampi uskoa }

- ◆ -

{ Ilmaiseksi olette saaneet, niin älkää nyt
ainakaan tappiolla myykö! }

- ◆ -

{ Moni on alottanut pohjalta ja jäänyt sinne }

- ◆ -

{ Miksi hiihtokengät on monot, vaikka
niitä on kaksi? }

- ◆ -

{ Kaikki naiset ovat kauniita, toiset vain kätkevät
sen paremmin }

- ◆ -

{ Miksi sytytellä kynttilöitä, kun voi pistää koko
metsän palamaan? }

- ◆ -

{ Avaruus, äärettömyys ja iankaikkisuus päättyvät
kaikki lopulta samaan kirjaimeen }

- ◆ -

{ Jääkaudella jää toimi kuin puskutraktori, mutta
enää se ei toimi sillä lailla }

- ◆ -

{ Murrosiässä murtuu äänivalli }

- ◆ -

{ Elämä on kuin vessapaperi, välillä pyyhkii hyvin,
joskus menee sormi läpi }

- ◆ -

{ Harjoitus tekee mestarin - paitsi jos kyseessä on
sängystä nouseminen }

- ◆ -

{ Kun tyhmyys tiivistyy tarpeeksi, se saa aikaan
näkyviä tuloksia }

- ◆ -

{ Linnut tekevät pesän suullaan - kokeilepa
tehdä perässä }

- ◆ -

{ Täydeltä laidalta, sataa untuvia
pellonpientareille }

- ◆ -

{ On mieletöntä etsiä ilon aiheita saattohoidossa }

- ◆ -

{ Kehitysmaissa ja hyvinvointimaissa sama ongelma:
Mitä tänään syötäisiin? }

- ◆ -

{ Mistä tiedetään kumpi on se kolikon kääntöpuoli,
joka joka asialla on? }

- ◆ -

{ Jos kivet olisivat rahoja, missä olisi kivet? }

- ◆ -

{ Jos jokin on liian hyvää tai liian huonoa,
kannattaa epäillä }

- ◆ -

{ Jumala loi lumen, nyt on Pentin vuoro }

- ◆ -

{ Annetaan niiden lehmien röyhtäillä ja
piereskellä, ja keskitytään ilmaston kannalta
olennaisempiin asioihin }

- ◆ -

{ Jos asetat lypsyjakkaran samaan aitaukseen
jänisten kanssa, ne tekevät sen tuota pikaa
näkymättömäksi }

- ◆ -

{ Avaimet voi löytyä yllättävistä paikoista }

- ◆ -

{ Elämä on suora lähetys, ei tule uusintoja }

- ◆ -

{ Eksynyt ei tietä kysynyt }

- ♦ -

{ Sinä päivänä kun irrotaan tietotekniikasta,
loppuu se päivittely }

- ♦ -

{ Liikenteessä joku ohittelee hullun lailla, sitten
kotiin päästyään tuijottelee seinää }

- ♦ -

{ Minkä taaksensa jättää, sinne se unohtuu }

- ♦ -

{ Elintason noustessa, elämän tarkoitus tulee
televisiosta }

- ♦ -

{ Jokainen vanha fossiili on kerran ollut vetreä
nuori }

- ◆ -

{ Isännaa mutta äidinkieli }

- ◆ -

{ "Teen tilaa nuoremmille", ei riitä itsemurhan
perusteeksi }

- ◆ -

{ Menneeseen katsottaessa voidaan todeta, mistä
kaikesta tähän asti on selvitty }

- ◆ -

{ Pohkeen toimintaan vaikuttaa suotuisasti jos sitä
ei viilletä auki }

- ◆ -

{ Demokratia on puhunut, kansa on päättänyt }

- ◆ -

{ Sumopainijoissa ja Michelin-ukoissa on jotain
samankaltaisuutta }

- ◆ -

{ Terve maalaisjärki estää työntämästä
sukkapuikkoja pistorasiaan molemmin käsin }

- ◆ -

{ Hän on sellainen parkettien partavaahto }

- ◆ -

{ Katsoi vanhaa lahnaa ja yökkäsi }

- ◆ -

{ Olkimaja, jossa on tiiliseinät ja peltikatto, on
ihan sairaan kestävä olkimaja }

- ◆ -

{ Ensimmäisen ympyrän keksijä ei varmaan arvannut,
miten suosittu siitä tulisi }

- ◆ -

{ Naamioitumisen mestari meni sukkana läpi
turvatarkastuksesta }

- ◆ -

{ Aine hajoaa vain atomeiksi, ei sen pidemmälle }

- ◆ -

{ Hämmennys vaihtuu iloksi kun tajuaa, kuinka
suurta kusetusta koko kehitysoppi on }

- ◆ -

{ Ruumismato ei synny tyhjästä, vaan madot ovat eri
kärpästen toukkia }

- ◆ -

{ Aika on kehitysopin vihollinen, koska ajan hammas
pyrkii hajottamaan luonnon omaan tasapainotilaan }

- ◆ -

{ Ennen kuin polkua oli, jonkun oli otettava
ensimmäinen askel }

- ◆ -

{ Ellei kaksi käskyä riitä, ei auta vaikka niitä
olisi miljoona }

- ◆ -

{ Mitä iloa on mansikan makuisista kondomeista, kun
torilta voi ostaa mansikoita? }

- ◆ -

{ On niin pelottavaa lähteä ja niin
vaarallista jäädä }

- ◆ -

{ Hullun näköistä jos reppu on sekä edessä,
että takana }

- ◆ -

{ Jos silmiin katsominen jännittää, katso nenää }

- ◆ -

{ Äänet julistivat minun olevan täysin terve }

- ◆ -

{ Jos kehitysopin kultainen valhe uppoaa täydestä
miljooniin ihmisiin, kuinka tarkkana pitäisikään
olla uskonnollisten totuuksien suhteen }

- ◆ -

{ Särkynyt sydän on paras lohduttaja }

- ◆ -

{ Kreikassa käytetyt paristot voi heittää joko
suoraan roskiin tai rannalle }

- ◆ -

{ Aliravitsemuksen hoidoksi rasvansiirto }

- ◆ -

{ Jos asia menee sydämeen, se ei jää iholle }

- ◆ -

{ Oikein valmennettu omatunto varoittaa huonosta ja
kiittää hyvästä ratkaisusta }

- ◆ -

{ Rivivälit ovat tarkoituksellisesti suuremmat,
jotta niihin mahtuisi enemmän luettavaa }

- ◆ -

{ Ilman unelmia elämä on pelkkä torso }

- ◆ -

{ Pidäthän huolta rakkaani, etten viimeisiksi
sanoikseni sano mitään typerää? }

- ◆ -

{ Jos ihmisistä ei ole hauskaa asua kaupungeissa,
miksi ne sitten asuvat? }

- ◆ -

{ Valtaosa ihmisistä oleskelee koko elämänsä
ihon alla }

- ♦ -

{ Ihode on paikka, jossa ihoa alettiin mitä
luultavimmin ensi kertaa arvostamaan }

- ♦ -

{ Jos puolikuntoisena menee ja vaikkapa hiihtää
10 km, vastaako se viittä? }

- ♦ -

{ Kirvoittaa kuvaa ennemminkin sitruunan
ominaisuuksia }

- ♦ -

{ Elämään kuolee }

- ♦ -

{ Voi oppia kirjoista, toisten kantapäistä tai
kusemalla sähköpaimeneen }

- ◆ -

{ Nykysauna on pieni kuuma koppi, jossa alastomat
ihmiset heittelevät vettä sähkölaitteeseen }

- ◆ -

{ Perseen nuoleminen on sekä epähygieenistä että
ruman näköistä }

- ◆ -

{ Idioottivarma kuin akkukäyttöinen sähkötuoli }

- ◆ -

{ Vain ulko- ja sisäkäyttöön }

- ◆ -

{ Ei se valmistajan vika ole jos sukkahousut
kestävät kuristamisen }

- ◆ -

{ Ihmisen elämässä on kaksi suurta päivää
— se, jona hän syntyy, ja se, jona
hänelle selviää miksi }

- tuntematon

- ◆ -

{ Luovuus on 10% inspiraatiota ja 90% hikoilua -
siksi käynkin usein saunassa }

- ◆ -

{ Elämä on parasta huumeetta }

- ◆ -

{ Palava käsi voidaan sammuttaa käsisammuttimella }

- ◆ -

{ Palomiehen sängyssä on sammutuspeitto }

- ◆ -

{ Kaikki ovat hoikkia syntyessään, kun taas elämän
pulleus pyrkii vähitellen esille }

- ◆ -

{ Sanalle politiikka ei löydy synonyymia
- eikä tarvitsekaan löytää }

- ◆ -

{ Vaikka olisi kuinka lihava, aina voi katsella
vesiputouksia }

- ◆ -

{ Mihin lääkäriä enää tarvitaan kun on Google }

- ◆ -

{ Aina kun muistan kuoleman olemassaolon, vatsassa
kouraisee pahaenteisesti }

- ◆ -

{ Pieru on perseestä }

- ◆ -

{ Google tulee sanasta googol, jonka keksi
pikkulapsi }

- ◆ -

{ Hammas oli kipeimmillään poiston jälkeen }

- ◆ -

{ Kysymykseen voi vastata kysymyksellä,
vastauksella tai vaihtamalla aihetta }

- ◆ -

{ Eduskunnassa on 200 kansanedustajaa, siinä on
suolistoa yhteensä yli 1700 metriä }

- ◆ -

{ Paljolla kirjojen tekemisellä ei ole loppua, ja
suurin osa niistä on täyttä paskaa }

- ◆ -

{ Hitaasta työtahdista hidas työmies tunnetaan }

- ◆ -

{ Pikkujoulun uskonnollinen sisältö kateissa }

- ◆ -

{ Tie naisen vatsalle käy miehen vatsan kautta }

- ♦ -

{ Moraalinen krapula on joillakin ainoa
moraalin ilmenemismuoto }

- ♦ -

{ Tämänpuoleisessa ei taida olla kiinnostavuutta,
koska yhteydenotot tuonpuoleisesta ovat niin
harvassa }

- ♦ -

{ Ihmiset viihdyttävät itseään arvottomimmalla
viihteellä kuin koskaan }

- ♦ -

{ Avaruudesta katsottuna ei näy valtioiden rajoja,
eli ne ovat täysin kuvitteellisia }

- ♦ -

{ Tämä musiikkihan on hanurista }

- ◆ -

{ Lapissa matkan yksikkö on poronkusema }

- ◆ -

{ Patenttiratkaisujen sijasta voisimme keskittyä
flow'hun }

- ◆ -

{ Kukaan ei ole liian vanha oppimaan
jotain typerää }

- ◆ -

{ Herääminen on aina paras hetki vuorokaudesta,
toinen on nukahtaminen }

- ◆ -

{ Jännittämällä kovin saadaan aikaan kipsiä }

- ◆ -

{ On täysin mieletön ajatus, että maapallo lepää
tyhjän päällä }

- ◆ -

{ Kaide rakennetaan paikkoihin, jotka määrittelevät
sen arvon hurjan tärkeäksi }

- ◆ -

{ Elävänä liha säilyy parhaiten }

- ◆ -

{ Lihassupistusten määrä korreloi tekemisen
meiningin kanssa }

- ◆ -

{ Kulinarismi on negatiivinen bulimia }

- ◆ -

{ Paras keino syväpestä matto on viedä se ulos
mattotelineelle ja odottaa kaksi viikkoa }

- ◆ -

{ Vaikka olisi kuinka hajamielinen, pää ei koskaan
unohdu kotiin }

- ◆ -

{ Paljon reilumpaa puukottaa vatsaan kuin selkään }

- ◆ -

{ On yhä helpompaa olla paikalla olematta läsnä }

- ◆ -

{ Jos ihminen on eläin, mistä ja miksi nimitys
'ihminen'? }

- ◆ -

{ Laihialla sinappikin pannaan makkaran
sisäkaarteeseen }

- ◆ -

{ Ajasta iäisyyteen ei tartte kuin tuoli ja
pätkä narua }

- ◆ -

{ Juudaskaan ei olisi voinut olla paremmassa
seurassa }

- ◆ -

{ Raamattu on annettu lukemattomille ihmisille }

- ◆ -

{ Variksen värit ovat hiili ja tuhka. Pohjolan
feeniks, jolta kärähti kurkkukin }

- Markku Envall

- ◆ -

{ Elämän matkalla vastaan tulee monenlaista
virittäjää }

- ◆ -

{ Uutismediat repostelee jonkun henkikullalla }

- ◆ -

{ 300 km/h - siinä saap läski kyytiä }

- ◆ -

{ Vailla huolia ja tyytyväisenä ei elämän
tarkoituksia pohdita }

- ♦ -

{ Joka toiselle kuoppaa kaivaa, saa
noin 8 €/tunti }

- ♦ -

{ Ihmiset joutuu pienestä saakka huonoihin
rattaisiin }

- ♦ -

{ Parasta paskakin on tuoreeltaan }
- kärpänen

- ♦ -

{ Kun kuoleman saavuttaa, sitä tietää kuinka
vanhaksi eli }

- ♦ -

{ Elämänsä eli komiasti, hautaanki meni komiasti }

- ◆ -

{ Olivat kuin samalla kirveellä veistettyjä }

- ◆ -

{ Ensin rukoillaan leipää, sitten mennään kauppaan
ostamaan se, ja todetaan, ettei se taivaasta
tipahda }

- ◆ -

{ Mikä ihme veden päällä kävely nyt on? Jos Jeesus
olisi tullut vesiskootterilla, se vasta ihme
olisi ollut! }

- ◆ -

{ Kulinaristi on hän, joka kykenee maistamaan
lihapiirakasta navetan }

- ◆ -

{ Lukeminen kannattaa aina, mikäli tulkinta on
oikein }

- ◆ -

{ Jos on rohkea, voi soittaa kenelle vaan haluaa }

- ◆ -

{ Olosuhteet ovat joutuneet hänen uhrikseen }

- ◆ -

{ Arvovaltainen ei tiedä mistä tulee tai mihin
menee, mutta kulkee ryhdikkäästi }

- ◆ -

{ Olen usein läsnä, kun ajatukseni
ei ole paikalla }

- ◆ -

{ Raja, joka ihmisen on toisen kerran ylitettävä,
on elämästä kuolemaan - paitsi Lasarukselle
se oli jo neljäs }

- ◆ -

{ Jokin on liian hyvää ollakseen terveellistä }

- ♦ -

{ Menetettyään kaiken hän tajusi, kuinka
onnellinen hän oli }

- ♦ -

{ Masennuksessa on pitkälti kyse siitä, että alkaa
oivaltaa, miten turhaa elämä onkaan }

- ♦ -

{ Naapureiden pitää olla riittävän kaukana, mutta
riittävän lähellä }

- ♦ -

{ Jos haluaa avantoon, on mentävä avantoon }

- ◆ -

{ Sopii kuin heiluriovi skootteriin }

- ◆ -

{ Mikään ei hävetä niin paljon kuin väittelyn
häviäminen idiootille }

- ◆ -

{ On katkeraa maksaa hoitotoimenpiteestä, joka vei
lemmikin hengen }

- ◆ -

{ Viisaalta kysyminen on nöyryyden alku }

- ◆ -

{ Vain kaatuessa oppii tyylin }

- ◆ -

{ Paras aika istuttaa puu oli kaksikymmentä vuotta
sitten. Toiseksi paras aika on nyt }

- ◆ -

{ Vanhetessaan ihminen alkaa muistuttaa rusinaa }

- ◆ -

{ Olen jyrkästi samaa mieltä }

- ◆ -

{ Kun metsästäjä palaa sieniä kantaen, on paras
olla kysymättä miten retki onnistui }

- ◆ -

{ Kun kärpänen on tarpeeksi röyhkeä, ryhdytään
kärpäslätkän tekoon }

- ◆ -

{ Kun kerran taloni palaa, voin yhtä hyvin
lämmitellä sen ääressä }

- ◆ -

{ Kun jalka on kipeä, käsi hyväilee sitä, mutta kun
käsi on kipeä, jalka ei ole tietääkseenkään }

- ◆ -

{ Koira, jolla on rahaa, haluaa itseään kutsuttavan
"Herra Koiraksi" }

- ◆ -

{ Kiitos on köyhän palkka }

- ◆ -

{ Kesä on köyhien äiti }

- ◆ -

{ Kerro totuus ja juokse }

- ◆ -

{ Jotta kala maistuisi oikealta, sen täytyy uida
kolme kertaa - vedessä, voissa ja viinissä }

- puolalainen sanonta

- ◆ -

{ Vaikka tietäisin, että maailma tuhoutuu huomenna,
istuttaisin silti tänään omenapuun }

- ◆ -

{ Vaikka kaikki asiantuntijat olisivat
yksimielisiä, he voivat silti olla väärässä }

- ♦ -

{ Vahinko, ettei Jumala kieltänyt ihmiseltä
käärmettä: Aatami olisi syönyt sen }

- ♦ -

{ Ei taida tietää mummo, mikä on keylogger }

- ♦ -

{ Vanhukset esittävät, etteivät muka osaa käyttää
nettiä, mutta ovat kuitenkin perillä kaikista
nuorten liikkeistä }

- ♦ -

{ Miljoona kärpästä ei voi olla väärässä
- paska on hyvää! }

- ◆ -

{ Kuu on tehty juustosta ja aurinko
balsamiviinietikasta }

- ◆ -

{ Terapiamessuilla etsitään vaihtoehtoja elämälle }

- ◆ -

{ Nuoriso on ja tulee aina olemaan Suomen
tulevaisuus - näin sanoivat jo
muinaiset kreikkalaiset }

- ◆ -

{ Jumalan olemassaolo on vaikeimpia asioita, joita
ihminen pystyy käsittämään }

- ◆ -

{ Keskustelut ehtyvät kun on päiviteltävä kaikkea }

- ◆ -

{ Jos totuus saa pahennusta aikaan, on parempi,
että pahennus tapahtuu, kuin että totuus
jää salatuksi }

- ◆ -

{ Yhtä hyvä on pehmeä luu koiralle, kuin helppo
elämä ihmiselle }

- ◆ -

{ Pohojalaaset pesee naamanki verellä }

- ◆ -

{ Ole oma itsesi, mutta niin kuin kaikki muutkin }

- ◆ -

{ Unohda karkkipäivä - osta banaani }

- ◆ -

{ Porkkana on uusi makkara }

- ◆ -

{ Pitää olla vahvempi kuin tekosyyt }

- ◆ -

{ Life is about kicking ass - not kissing it }

- tuntematon

- ◆ -

{ Jokainen ihminen on taulun arvoinen }

- ◆ -

{ Ei kannata mennä alennusmyynteihin, voi
murtua vaikka käsi }

- ◆ -

{ Kuolleetkin ovat rauhassa toisten kanssa, mutta
eivät he ole rauhantekijöitä }

- ◆ -

{ Jumala ei tiukkoja kysymyksiä pelkää, vaan
heikkouskoiset }

- ◆ -

{ avo on muotietuliite sopimuksen edessä }

- ◆ -

{ Hyvin luvattu on jo puoliksi annettu }

- ◆ -

{ Raamattuun on helppo uskoa, koska sen voi nähdä }

- ◆ -

{ Hyvän ja pahan tiedon puun ei mainita enää
jälkeenpäin olleen haluttava katsella }

- ◆ -

{ Jos noppaa heittämällä saadaan 50 kertaa
peräkkäin sama silmäluku, kyseessä ei ole sattuma.
Kyse on huijauksesta }

- ◆ -

{ Makeita, sanoi kettu pihlajanmarjakarkeista }

- ◆ -

{ Jos elektroniverho peittää ytimen, näemmekö siis
pelkkiä elektroniverhoja? }

- ◆ -

{ Jos sattuma selviytyy luomisesta ja korjaamisesta
älyä paremmin, miksei siihen luoteta? }

- ◆ -

{ Jos tänään kuolisin, jäisikö kukaan kaipaamaan
minua? }

- ◆ -

{ Parempi elohiiri silmässä, kuin kuollut hiiri }

- ◆ -

{ Varmin todiste, että maan ulkopuolista, älyllistä
elämää on, on se, ettei sieltä ole otettu
meihin minkäänlaista yhteyttä }

- ◆ -

{ Se on yksinkertaisesti monimutkaista }

- ◆ -

{ Kun koira vihitään papiksi, maailmanloppu
on tosiasia }

- ◆ -

{ Elämme rajattoman suvaitsevaisuuden aikoja }

- ◆ -

{ Rakkauden hetkillä on siivet, eron hetkillä
kainalosauvat }

- Colley Cibber

- ◆ -

{ Ei auta vaikka olisi kuinka hieno kesä, jos pää
on sekaisin }

- ◆ -

{ Kuinka Jumala olisi mahtunut Marian kohtuun, hän,
joka ei mahdu edes taivaan laajuuksiin? }

- ◆ -

{ Paljon on ajatuksia Jumalasta, mutta niin vähän
on ajatuksia Jumalalle }

- ◆ -

{ Metsänlaidassa näkyi paljon eläinten jälkiä,
mutta itse eläimistä ei näkynyt jälkeäkään }

- ◆ -

{ Vain hölmö laittaa suolaa kananmunien
keitinveteen }

- ◆ -

{ Narsistille ei saa sanoa hänen olevan narsisti,
muutoin hän vakuuttaa sinut siitä, ettei hän ole }

- ◆ -

{ Jumala loi miehen ennen naista, sillä hän ei
halunnut neuvoja miehen luomisessa }

- ◆ -

{ On kolme asiaa, joita ei voi pitää piilossa:
Rakkautta, mustasukkaisuutta ja 60 cm:n hauista }

- ◆ -

{ Täytyy omistaa maata, koska sitä ei
valmisteta enää }

- ◆ -

{ Kolme käsittämätöntä: Aika, avaruus ja rauma }

- ◆ -

{ Lakimies tietää kaikenlaista }

- ◆ -

{ Nyrkkeilijä osti lapselleen leikkikehän }

- ◆ -

{ Helluntaiteinit kertasivat tarinaa maanpinnan koeporauksista Siperiassa. Tutkimusryhmän edettyä tarpeeksi syvälle kuopasta olisi kuulemma kaikunut hirveä tuskanhuuto: Poraajat olivat saavuttaneet helvetin.
Kaikki viittasi siihen, että Jeesus oli tulossa }

- ◆ -

{ Minkä nuorena oppii, sen vanhana unohtaa }

- ◆ -

{ Bussipysäkkituttava }

- ◆ -

{ Koomassakin voi olla vaikka vuoden, mutta se
ei virkistä }

- ◆ -

{ Tyyli on vapaa, mutta pakollinen }

- ◆ -

{ Mistä tietää, että hapansilakka
on pilaantunutta? }

- ◆ -

{ Kumpi on parempi, että ihminen käy terapiassa,
vai että ei käy? }

- ♦ -

{ Elämä on kovin opettavaista }

- ♦ -

{ Onko meidän pakko löytää heti ratkaisu? Emmekö
voisi hetken nauttia ongelmasta? }

- ♦ -

{ Aika parantaa sen, mihin järki ei pysty }

- Seneca

- ♦ -

{ Ikuisuuskin pitää ottaa vastaan vain
päivä kerrallaan }

- ♦ -

{ Puku voi tehdä miehen, muttei hengellisyyttä }

- ◆ -

{ Ellei viime hetkiä olisi, mitään ei
tulisi tehdyksi }

- ◆ -

{ Historiasta opimme, että historiasta emme
opi mitään }

- George Bernard Shaw

- ◆ -

{ On parempi istua kapakassa ja ajatella kirkkoa,
kuin istua kirkossa ja ajatella kapakkaa }

- tanskalainen sananlasku

- ◆ -

{ Hän on juuri sellainen kiltti mies, joka ottaa
kaksi kertaa lisää silloin kun ruoka on
epäonnistunutta }

- ◆ -

{ Kirja on klassikko kun sitä ylistetään,
muttei lueta }

- ◆ -

{ Miksei gepardi ymmärrä saalistaa hitaampia
eläimiä? }

- ◆ -

{ Matemaattisen todennäköisyyden perusteella
maailmankaikkeudesta ei pitäisi löytyä
älyllistä elämää }

- ◆ -

{ Kuuluisat hallitsevat keskusteluja olematta
itse paikalla }

- tuntematon

- ◆ -

{ Mukavuusalueella saattaa vallata
riippumaton henki }

- ◆ -

{ Bill Gatesin iltarukous alkaa: "Hyvä Jumala,
tarvitsetko jotain?" }

- tuntematon

- ◆ -

{ Kun aamukahvit on juotu, sitten vain aloittelet
hommia }

- ◆ -

{ Tomuhiukkanen painaa sadastuhannesosan grammaa }

- ◆ -

{ Ei ole syyttömiä - on vain huonosti

kuulusteltuja }

- tuntematon

- ◆ -

{ Känniääliö pilaa parisuhteet ja sukujuhlat }

- ◆ -

{ Onko kaksoisleuka kehityksen vai

luomisen tulos? }

- ◆ -

{ Miten mekaanisilla mittalaitteilla voisikaan

tutkia henkimaailman hommia? }

- ◆ -

{ Mitä ajattelet siitä mitä ajattelet? }

- ◆ -

{ Ammattitrolli on ammatiltaan vihamielinen
somevaikuttaja }

- ◆ -

{ Jos olet hampaaton, aina voit syödä vanukasta }

- ◆ -

{ Juo lasi vettä ihan vaan yllättääksesi maksasi }

- ◆ -

{ Harhaoppi syntyy harhaisen mielen kohdistuessa
uskonnollisiin oppikysymyksiin }

- ♦ -

{ Kumpi on helpompaa, viedä roskat vai muistaa,
että avaruus on ääretön? }

- ♦ -

{ On aivan mahdollista, että epätodellisuus
on olemassa }

- ♦ -

{ Loppujen lopuksi, kun aikaa kuluu riittävästi,
kukaan ei muista yhtään mitään }

- ♦ -